AF142823

1

Avant qu'on ne disparaisse

Chroniques où il est question d'exil, de ponctuation, de désir, d'épilation, de tabac à rouler, de poésie, de ruines, de plug anal, de manque, de régime, de tatouage, de Tigrou, et même de Stéphane Sénéchal.

Et peut-être aussi un peu d'amour.

19 Juillet 2015 – 6 septembre 2015

Je pourrais alors poser sur toi mes premiers mots. Je pourrais alors te dire que tu as retrouvé l'absente qui errait dans mes veines. Tu pourrais alors m'avouer que j'ai ranimé l'absent qui coulait dans tes brumes. Je pourrais alors te dire que l'hiver est arrivé et que je suis prête à m'y glisser.

Poète, prends ton luth et me donne un baiser

Alfred de Musset, La Muse, Les Nuits

Le 1er jour, elle prépare le terrain

Avant qu'on ne disparaisse, je dois tout te dire et je dois t'écouter, car nous sommes condamnés à disparaître. Ensemble ou séparément, en beauté ou sans dignité, physiquement ou intellectuellement. On a beau être d'éternels insoumis, on devra bien se plier à la fin. Ephémères, simples passagers, le glas va sonner, avec majesté j'espère, mais peut-être le cul posé sur un chiotte. Avant qu'on ne disparaisse, on doit tout réaliser, se réaliser, nous mettre en scène, nous observer pour nous raconter, nous dépouiller pour nous enrichir. Il ne restera que peu, peut-être une œuvre, ou de vieux carnets entassés dans un grenier. Avant qu'on ne disparaisse, notre encre doit couler, petits ruisseaux à exploiter, la cyprine et le foutre aussi, loin de nos certitudes, loin de nos évidences, loin de nos facilités. Avant qu'on ne disparaisse, on doit tout donner. Et seulement après, le glas pourra sonner. Alors je m'écris, je t'écris, je nous écris. Et toi aussi. Des riens et des envolées, comme un journal du temps en train de trépasser. Avant qu'on ne disparaisse, je veux nous chanter dans mon style pas très ampoulé, un peu trop scandé et ponctué. Mais je ne vais pas changer. Tu me liras et peut-être tu répondras. Tu commenteras. Je me vexerai et t'enverrai chier. Tu vois, rien ne va changer.

Le 2e jour, elle met les points sur les i

Avant qu'on ne disparaisse, il va falloir qu'on règle cette question de la ponctuation. Il va falloir qu'on se décide si on en abuse ou si on la supprime, par maniérisme ou par automatisme. Est-ce une pose ou un style. On est d'accord sur au moins deux choses. Le point-virgule est mort et hors de question de le déterrer. Et les points de suspension me font hurler. Attention, secret partagé, suspense garanti. Les virgules, j'en mets quelques-unes. La preuve. Quant aux points, ma foi, ils sont ma came. Peut-être ma façon de tenter d'avoir le dernier mot. Tu fais des retours à la ligne et mets une majuscule en début de phrase. Abus et dépouillement. Mon côté rigide, ton côté nonchalant. Le point d'exclamation, on s'en fout un peu. Les deux points, ça sent la notice explicative. Par contre les parenthèses en milieu de phrase me volent des petites pensées ailées en aparté. Et le point d'interrogation, on va essayer de ne pas se poser trop de questions.

Le 3e jour, elle fait l'état des stocks

Avant qu'on ne disparaisse, on va faire un dernier inventaire. On en a déjà fait des dizaines et à la fin on en aura fait des milliers. Mais le dernier, faudra pas le louper. On aurait des esprits synthétiques on se contenterait de dire qu'on aime baiser. Mais voilà, on a toujours besoin de s'épancher, alors on inventorie, même si on n'a rien inventé. J'aime ta peau. J'aime ta bouche. J'aime ton corps. J'aime ton cul. Moi aussi. J'aime ta queue. J'aime tes bras. J'aime tes yeux. J'aime te sucer. Et te baiser aussi. Je t'aime. Moi aussi je m'aime. Moi je ne m'aime pas assez alors aime-moi pour deux. Et on inventorie sans se lasser. Tous les matins, souvent le soir, sauf quand tu t'endors les doigts dans la prise, on fait nos inventaires de gourmets. On radote un peu, c'est vrai. C'est qu'on vieillit.

Le 4e jour, elle fomente un mauvais coup

Avant qu'on ne disparaisse, on va s'installer sur une île, une grande de préférence. Manquerait plus qu'on se marche dessus. Et il nous faut des endroits pour faire la gueule tranquilles. En fait, je crois qu'on a trouvé. Il nous manque juste la solution expéditive pour poser nos valises. On a quelques pistes et beaucoup d'imagination. Avec quelques ronds, un groupe de serbes et un peu d'organisation, on pourrait y arriver. Si on récapitule, l'arsenic et le potassium, ça le fait mais ça laisse des traces. Les freins, je crois qu'on va abandonner. Je ne te sens pas mécano dans l'âme et pour moi le frein ne se situe pas vraiment là. Donc on doit recruter. Il va falloir économiser. Sinon on avait pensé au bon vieux coup de pelle. Je vote pour. Ça pourrait même m'épargner quelques séances chez le psy. Après, on peut attendre, mais avec cette manie d'arrêter de fumer, c'est pas gagné. Sans être parano, ça sent le complot. On l'a méritée notre île. C'est pas qu'on ait des goûts de luxe, on est même prêts à partager.

Le 5ᵉ jour, elle se fait douce

Avant qu'on ne disparaisse, je vais me faire épiler. Faut pas changer, entretenir la coupe bien dégagée derrière les oreilles, faut pas se laisser aller. Mini pelisse, maxi plaisir. La fille tirera sur ma peau plissée pour arracher quelques vestiges gris sur mes jambes et ma chatte pelée. Il faudra peut-être qu'elle s'attaque aux picots sur le menton. Ce qui tombe en bas repousse en haut, je suis au regret de te l'annoncer, on ne peut pas y échapper. Mais elle oubliera pas le sillon fessier, le SIF, comme tu dis. Le cul faudra pas le laisser tomber, il mérite le sharpei, et d'ici-là il aura gagné quelques plis. Elle va galérer la fille pour le lisser, mais on le laissera pas tomber mon cul, même s'il est déjà un peu plus bas qu'hier et bien moins que demain. On s'en occupera du sharpei. Alors j'oublierai sûrement de mouiller et toi de bander, mais on sera prêts pour notre dernier baiser.

Le 6e jour, elle roule cool

Avant qu'on ne disparaisse, tu vas devoir m'apprendre à rouler, pas du cul, ça je sais gérer, mais des clopes. Au passage, je préfère le masculin. Hétéro jusqu'au bout du clope. Je roule un peu en biais. Je crée des collections enfumées bosselées. Plus de roulées, moins de JPS. Je sens que tu vas freiner. T'inquiète, on fait l'inventaire, et on s'en grille une vraie. Le tabac fugue ou s'entasse entre mes doigts handicapés et sclérosés. Les tiens sont agiles et expérimentés. Demande à zézette ce qu'elle en pense. Il faudra que tu m'enseignes l'art de rouler. Les joints aussi. Je réclame mon droit à l'autonomie. Je sais, je vais galérer et toi aussi. Tu ne m'as jamais vu énervée mais ça va venir. Et je vais tout lâcher et regarder tes doigts s'agiter. Finalement on va laisser tomber ce truc des roulées. J'en ai marre de me ridiculiser. Je suis une dame, tu vas me servir ma fumée. Chacun sa place, toi aux roulées, moi aux roulis. Chacun sa place, c'est bien de se le rappeler.

Le 7e jour, elle attend avec impatience la rentrée

Avant qu'on ne disparaisse, il faut vraiment qu'on se débarrasse de cette histoire de plug. Je trouve que le sujet revient souvent sur le tapis. Il faudra le tenter plus tôt que tard, si je peux donner mon avis. A des fins de commodité, il serait préférable que je sois encore fonctionnelle. En plus, je ne suis pas certaine que le plug de poche existe. On va commencer par discuter du calibre. J'ai déjà une petite idée sur la question mais je ne suis pas hostile à la discussion. Ensuite, l'occasion. Je veux bien orner ma croupe mais pas m'asseoir sur ma dignité. Je sais, je suis bourrée de principes et le pire c'est que j'y tiens. Donc pour l'occasion, on va un peu réfléchir. Je pensais à un vernissage pompeux comme on les aime, un truc un peu coincé du cul pendant que je décoince le mien. Et enfin, il faut aborder la question du look. Ça aussi, j'y tiens. La panoplie fait la femme et tu aimes mes panoplies. C'est sérieux la panoplie. Comme le sexe. Le strass, trop bling bling. Le Hello Kitty, trop ridicule. Quant à la queue de poney, comment te dire, va chier. Faut soigner sa panoplie des stilettos au plug. Aucun compromis sur la panoplie. J'imaginais du noir, sobre et efficace, un truc branché, pour résumer.

Le 8ᵉ jour, elle pense à être modèle

Avant qu'on ne disparaisse, je veux une bonne vieille crise de jalousie. Ça sent le défi mais au cap ou pas cap on est champions. Je veux une bonne vieille grosse crise pas glorieuse où tu deviens tout rouge. Enfin, te connaissant, tu seras plutôt bien gris. Evite de fouiller, on a déjà donné. Alors on va se l'inventer cette vilaine crise. Il va falloir pousser. Tu es du genre jaloux résistant et tu en as vu d'autres. Ça, c'est réglé. A mon avis, dis-moi si je me trompe, seul le prêt de mon image peut te titiller. Ça, tu prêtes pas. Je peux baiser qui je veux mais pas poser pour n'importe qui. J'aime ta conception de l'exclusivité. Donc si je veux te faire basculer, je dois me trouver un petit projet à la con bien propret. Tu ferais le mec qui s'en fout, et tu te moquerais. Mais tu finirais par balancer sur l'autre, ton rival putatif. J'aime quand tu es vexé avec l'air de pas y toucher. Bon après je vais galérer pour te récupérer. T'es pas rancunier mais je sens que j'en entendrai parler. La bonne vieille crise de jalousie ne me fait pas vraiment rêver, il y a des jeux auxquels je n'aime pas jouer et tu as toute mon exclusivité.

Le 9e jour, elle se met à la tisane

Avant qu'on ne disparaisse, on deviendra adultes. Ouais, ça craint. Mais j'en ai marre de mon insolente jeunesse et de son acné permanent, quant à ton trip Highlander, il va falloir le dépasser. Je vais rallonger mes jupes et adopter le carré lissé, et toi, tu vas commencer à bosser. On va épargner, parler retraite et payer des impôts. Un petit crédit pour une caisse climatisée. Tu vois le tableau. Et on regardera la télé avec Télérama pour nous guider. Tu te gratteras les couilles et j'arrêterai de me branler. On échangera le tabac contre le calumet, la picole pour le thé de fin de soirée et la baise pour les mots fléchés. Putain, on va se faire chier. Ça existe le météospasmyl contre la morosité ? Enfin, on finira par faire l'amour. On nous a dit que c'était mieux que baiser. Faudrait essayer. Et que tu me sodomises aussi. On se fait déjà bien assez enculer. On mangera bio, on mettra de la crème solaire et on fera du vélo. Avec la selle, oui. Tu vois le tableau. Avant qu'on ne disparaisse, on deviendra adultes. Mais putain, on va bien se faire chier.

Le 10e jour, elle est captive

Avant qu'on ne disparaisse, je t'admirerai une dernière fois. C'est comme ça que tout a commencé. C'est comme ça que tout doit s'achever. Je vais scruter toute ton essence et m'en imprégner. L'avaler un peu aussi, mais c'est un autre sujet. Je vais apprécier cette délectation morose dont tu es souvent l'objet. Et j'admirerai. Je vais capturer ton sourire gamin quand ta ritournelle m'appelle. Et j'admirerai. Je vais écouter la musique de tes graves se balancer. Et j'admirerai. Je vais guetter les fils d'argent s'incruster dans ton ébène. Et j'admirerai. Je vais goûter la soie de ta peau marquée par tes excès. Et j'admirerai. Je vais lire tes derniers mots confessés dans tes carnets. Et je te dirai. Combien je t'ai espéré. Combien je t'ai respecté. Combien tu m'as comblée. Combien tu m'as inspirée. Combien je t'ai aimé.

Le 11e jour, elle pense à se mettre au sport

Avant qu'on ne disparaisse, on sera toujours beaux, du moins, on fera tout pour l'être. Heureusement, on sera probablement miros. Une bonne excuse pour ne plus se voir. Tu enfileras toujours ton 32/34, et je me tasserai dans mon 36. Pas question de bedaine ni de cuissots bien campés entre nous. Ce n'est pas une obsession mais c'est assez sensé. Avec un S. Je vois que tu as bien retenu cette leçon. On peut vivre d'amour et d'eau fraîche mais ça va vite devenir lassant, et à part dans le 51, l'eau on ne connaît pas vraiment. On va ajouter quelques ingrédients à notre régime. Varié et équilibré, dans l'air du temps, hygiène de vie et tout le tralala. Des acrobaties pour la fermeté. Côté pile, pour moi, ça laisse déjà à désirer, pas faute de m'entraîner. Des flots de désir pour nous motiver. Quelques recettes de ta confection. On l'aura compris, mon frigo c'est la misère. Mayo, beurre, coca, j'avoue, c'est un peu léger. Et des litres de vin pour oublier notre superbe passée.

Le 12e jour, elle va à confesse

Avant qu'on ne disparaisse, il faudra avouer notre petit larcin. On a fait de mal à personne. On s'est même fait du bien. Bon peut-être pas au mec qu'on a accusé et qui est peut-être même pas pédé, même si personnellement je trouve sa moustache un peu tendancieuse. Mais de là à l'accuser il n'y avait qu'un pas, et ce sont les autres qui l'ont fait. Tout le monde serait heureux de savoir qu'on l'a retrouvé. C'était un peu un porte-bonheur. On l'a tous bichonné. Et en plus on s'en est bien occupé. De mon cul aussi. On en connaît bien les principes généraux et un approfondissement me semble indispensable. Tout en douceur. On veille à son confort. Il est tout propre et bien lustré. On lui fait voir du pays. Il a son endroit pour dormir même si parfois je l'oublie dans l'évier. Ce n'est pas pour ça qu'il faut m'en retirer la garde non plus. Ce n'est pas faute de l'aimer. On avouera, mais dans longtemps. On pourrait nous le réclamer et je ne prête pas mes jouets. Surtout ceux qui sont bien montés.

Le 13e jour, elle ancre leur histoire

Avant qu'on ne disparaisse, je vais sûrement encore me faire tatouer. Pas les jambes, ni les mollets. Où, quand, quoi, je n'ai pas encore décidé mais je le ferai, tu peux le parier. Ça tombe bien, tu aimes mon corps tuné. J'écris partout et tout le temps, et j'aime que tu me lises. J'inscris dans ma peau. Je marque à l'aiguille. J'encre pour ancrer une page tournée ou une qui s'ouvre. Mon corps tatoué réclame son lecteur, le plonge dans ma voie lactée, montre ses oiseaux envolés, rappelle mes grands principes et dévoile quelques secrets. Love, alive, freedom, beauty, faith, fantasy. Amour, en vie, liberté, beauté, confiance, rêverie. Et ne pas oublier lust, le désir, parfait anagramme de slut, la salope. Mon corps tatoué n'a rien à te cacher et affirme mon identité. I am a writer. Yes I am. And so are you. Et ma peau se fait parchemin d'une muse qui écrit pour la sienne. Le reste est silence. Et dis-toi que si un jour tu te fais chier, tu pourras toujours continuer à déchiffrer mon corps tatoué.

Le 14e jour, elle est très XIXe

Avant qu'on ne disparaisse, on sera romantiques. On l'est déjà, mais il faut savoir lire entre les queues, les chattes et autres furoncles qu'on se plaît à raconter. Romantiques sans alexandrins et tout en rimes cachées. Le sonnet est à notre portée et le haïku, déjà fait. Notre romantisme est en mode furtif. A propos de mode furtif, je dois te signaler que ton Zyklon B n'est pas du genre discret. Très peu pour moi le bouquet de roses, seuls tes feuillets savent me séduire. Quant au resto à la bougie, ca tombe bien, t'as pas les moyens, on va oublier. On va se l'inventer notre romantisme, un truc bien à nous, notre propre poésie, sans compromis, sans allégorie, toute en sodomie. Et on se la gardera bien planquée, sauf de ceux qui sauront la déguster. Au fait, mon bel ami, ce matin j'ai chié, et pas que des paillettes, je peux te l'assurer. Romantique, moi, toujours, j'avoue. Tout en pudeur et grossièretés.

Le 15e jour, elle arrête de se la péter

Avant qu'on ne disparaisse, on sera humbles. Ça va nous demander un peu d'effort, j'en conviens. Fini les poses, fini les branleurs. Et on admettra que nous aussi on pond notre caca du jour. Surtout toi, souvent plusieurs fois. Je sais, je t'ai piqué ton thème préféré. C'est pas copier, c'est rendre hommage. Ça ne va pas être simple l'humilité. On déambule, deux grands machins sombres, faut pas nous chercher. 12 cm de talons en acier, y a de quoi être terrissé. Et toi, t'as mis la barre un peu haute. Un seul regard ou un mot, on ne se laisse jamais démonter. On n'est pas Charles, Hunter, Arthur, William ou bien Ernest, mais on a bien le droit de se la raconter. On n'est pas prof de latin ou de français, c'est peut-être pour ça qu'on a dépassé le premier chapitre. Pardon amis didactiques. Et quand on se laisse un peu emporter, pas besoin des autres pour nous corriger. D'ailleurs chéri, ça fait longtemps que j'ai pas eu de fessée.

Le 16e jour, elle le veut médium

Avant qu'on ne disparaisse, tu sauras lire toutes mes pensées. Ça ne fera pas un pli. Non pas que tu aies un don de télépathie, mais la lecture dans la ligne, ça te connaît. Tu inspectes, tu chatouilles, tu cajoles, tu trempouilles. Et moi, je fais trempette. Je sais à quoi tu penses, ta clairvoyance ne cesse de m'étonner. Pas sûr bébé, il serait peut-être intéressant de vérifier. Dis-moi à quoi je pense, plonge et goûte, recherche mes émois bien planqués. Je m'offre à ton expertise sans vaciller. Comprends mon âme par ce lustre alléchée. Rappelle mon bon fond à ton bon plaisir. Je sais, ça mérite de creuser. Tu sens dans mon discours comme une pointe de braverie. Tu devines dans les sillons de mes coulées que la conclusion doit arriver sans tarder. Il est temps de me livrer ta vision. Promis, cette fois je ne vais pas pinailler. Délivre-moi de mes torrents et impose-toi comme unique maître de mes obsessions.

Le 17e jour, elle voit du pays

Avant qu'on ne disparaisse, on va tailler la route comme je taille des pipes. Je sais, je recycle et je m'autoplagie, mais ce matin je n'ai pas petit-déjeuné. Pas besoin de te le rappeler, toi aussi t'es bien frustré. Je disais donc on va tailler cette route qu'on a tant rêvée et que je t'ai écrite. Cette quête sans cartes ni desseins, cette route charmeuse de nos destins, enrouleuse enlaçante de nos désirs, chasseresse trépidante de nos utopies. La route nous appelle dans les tréfonds de nos tripes. Chausse tes Ray-ban, les miennes sont intégrées. Des pauses sans pose. Des carnets à l'encre déposée. Une trempette dans une eau glacée ou un volcan bien allumé. Nos délivrances nous espèrent et nous convoitent, insolentes et frondeuses, l'œil noir et la peau en unique réceptacle de nos voies dénudées.

Le 18e jour, elle le débusque

Avant qu'on ne disparaisse, je vais te le faire cracher ce certificat d'authenticité. J'en ai souvent entendu parler mais je finis par douter de son existence. Et toi d'ailleurs, es-tu seulement authentique. Franc du collier, ouais. Et d'origine, je suis prête à le parier. Trop de bruits suspects pour que je puisse en douter. Mon copain, il est pas du genre rafistolé. Sans vouloir être désobligeante, la tuyauterie laisse un peu à désirer. La façade, surtout ne ravale pas. C'est beau les champs de ruines à qui sait les regarder. Je collectionne tes parcelles de peau et tu ne te fais pas prier. Quand je délivre tes soupirs, c'est sans rugir que j'en réclame la propriété. Tout ça sans certificat d'authenticité (je commence à penser que le papier n'a jamais existé, une ruse de sioux pour m'attirer). Et je n'y ai vu que du feu. Celui de tes grands yeux, reflets des miens, et la caresse de tes mots, échos des miens. Conquise instantanée, même pas eu besoin de réclamer. Sauf de temps en temps quand tu veux m'allumer. Quand j'y pense, tout ça pour un certificat d'authenticité.

Le 19e jour, elle a comme un trou

Avant qu'on ne disparaisse, on comptera nos jours passés, des jours et surtout des nuits enchevêtrées. Ces belles nuits à fleur de corps, où l'esprit pas toujours clair sait imposer ses enclins à la chair, ces belles nuits à palabres débridées où les angoisses savent s'oublier. A moins qu'on oublie tout. Saura-t-on seulement encore compter. On aura probablement tout oublié. Tant qu'on ne s'oublie pas, ça fait négligé. Mais qui êtes-vous sombre inconnu. Amants qui se découvrent et se présentent à l'infini. Il faudra penser au collier avec prénom et adresse, sans laisse, juste pour se retrouver. Un pas de trop et on finit dans un fossé. Tu te souviens le fossé. Tends-moi la main que je t'aide à te relever. Comme ta bite. Facile, j'admets, mais appropriée. Reconnais mon regard embrasé de chatte bien allumée, respire ma peau et ses fumets (whisky tourbé 40 ans d'âge). Et si ça ne suffit pas, laisse-toi bercer par mes sinus encombrés et mes poumons cramés, doux ronron de ta chatte bien allumée. Tous les jours, si on s'oublie, on pourra se réinventer et passer en revue nos dernières heures passées avant de les effacer.

Le 20e jour, elle entrevoit la fin

Avant qu'on ne disparaisse, on se fera une petite maladie, du genre définitive je dirais, vu comme on flambe. Prends un xanax, ça va passer ou attends demain si tu ne peux pas supporter. Je parie sur ton foie et mes poumons. Et inversement. Pas faute de tenter de me soigner à coups de petits déjeuners hyperprotéinés. D'ailleurs, je ne t'aurais pas cru si fan de Dukan. Tu mets la dose et je m'y connais. Merci de prendre soin de ma santé mais je doute que tes généreuses offrandes puissent faire la nique aux statistiques. Regarde, on n'est même pas foutus de gagner au quinté. Si déjà j'en comprenais les règles. On est quand même donnés gagnants sur la ligne d'arrivée, pas tant qu'on soit très pressés de monter sur ce podium. On a tant à dire et à montrer. Prends ton temps, mon brun, j'aime pas être privée, et le petit déjeuner est le repas le plus important de la journée. T'as pas le droit de me quitter. On n'a plus la jeunesse d'un Roméo et d'une Juliette, mais peut-être la recherche ultime d'un Solal et d'une Ariane. Alors je promets ici de nous achever plutôt que de nous laisser glisser.

Le 21e jour, elle nidifie

Avant qu'on ne disparaisse, on va éviter de se lasser, pari improbable dans la zappette société. Ta crainte, la mienne, éternels funambules au fil de vie bien relâché. Mon âme nomade, tes chemins de liberté, on touche de près la précarité. Il est temps d'aborder ce bail renouvelable de 15 jours, je crois, ce bail qu'on n'arrête pas de renouveler. Il est pas mal et ça évite de se lasser, la précarité. On l'a un peu rallongé pour l'été, une trêve à ne pas louper. Chez les uns ou les autres, on goûte un peu à la sédentarité. On tisse ce fil en faisant et défaisant nos nœuds, en livrant et délivrant quelques vœux. Equilibristes improvisés, ça tombe comme ça, on n'a rien cherché. Pouce. C'est la pause, faut se poser quelques semaines jusqu'à la fin de l'été. Après on reprendra nos déroutes. Et tu connais mon sens de l'orientation. Je compte sur toi pour me guider. On décidera d'un nouveau bail, un bail serein sans dispersion où ta main caressera mes chemins, où ma bouche redressera tes déclins (je ne parle pas de ta queue, faudrait pas la vexer), et où nos plumes scelleront nos lendemains. Un bail à durée déterminée par nos enclins.

Le 22e jour, elle est réac

Avant qu'on ne disparaisse, on se fera sûrement un hipster, peut-être même deux s'il nous en convient. Ou bien un prof, un syndicaliste, et même, pourquoi pas, une féministe. Enfin tous ceux qui ont le don de nous emmerder, et même s'ils ne le font pas exprès. On pourrait laisser couler mais on ne sait pas la fermer. Et tu aimes assez que je l'ouvre. Bien grand. On ne sait pas plus se prosterner, sauf devant l'illustre Gaudissart. Les doigts lui en sont tombés tandis que les tiens me faisaient chanter. Note pour plus tard, dire à la municipalité de revoir l'éclairage sinon les buissons risquent de morfler. Seuls nos appétits nous font prosterner. Des dictateurs nés. Le monde est sauvé, j'ai coupé court à ma fécondité. Tu admettras d'ailleurs que la moustache me va à ravir. Adolf aux commandes. Incline-toi. Heil zézette. Les beaux citeurs et autres amateurs de riches idées adorent nous détester. Continuons à les alimenter. Le plaisir c'est primordial et faut pas les en priver. En attendant, mon beau réac, abdique devant ton éternelle damoiselle, et à mon tour, à tes pieds je tomberai.

Le 23e jour, elle séduit sa cour

Avant qu'on ne disparaisse, je cultiverai la pétasse attitude, tu sais cette superbe toute mienne qui te plaît tant. T'inquiète, je ne serai jamais une grosse pétasse, ce problème pesant a déjà été abordé précédemment. Non, je serai juste la pétasse ordinaire que tu connais, celle en panoplies et talons, qui chaloupe et distribue ses regards à qui elle estime mériter. Pas dupe de son jeu ta pétasse quand elle navigue entre compliments et taquineries. Il faut que tu comprennes qu'être une pétasse est plus qu'une simple posture. Etre une pétasse de haut vol demande de la rigueur et doit se vivre comme un art. Oui, chéri, un véritable art de vivre où on a vite-fait de se complaire et de tomber. Surtout du haut de mes tue-chevilles, faut pas flancher. Alors je fends la foule en roulant mon boule, l'air assuré sous ton œil narquois. Pas de mépris dans ma pétasserie, juste un soupçon d'arrogance et de dédain, pour accueillir les regards de mes disciples. Je ne flancherai pas, bébé, pétasse jusqu'au bout des orteils, même la croupe ornée, même sous ton œil de saloperie.

Le 24e jour, elle fait chier

Avant qu'on ne disparaisse, je risque de devenir chiante. C'est inévitable, ça arrive aux meilleurs, et je suis loin de l'être, la meilleure. Tout le monde est chiant, j'ai bien le droit de l'être un peu aussi. Il va me falloir un modèle. Bouge pas, j'ai trouvé. Dis, tu m'enseigneras la chianlie. (en tant qu'auteure, je me réserve le droit d'inventer des mots) J'ai compris que parfois seul le fait d'être une âme libre peut être chiant pour les autres. Alors je réclame mon droit à la liberté d'être chiante. J'ai bien observé ce phénomène très répandu. Caprices, insatisfaction, râleries, reproches, critiques, sont les ingrédients de tout chieur-né. Je t'ai dit qu'avant j'excellais en la matière. C'était une époque où je m'oubliais, une époque que j'ai préféré oublier. Ah putain, j'étais chiante. Un chef-d'œuvre de casse-couilles très aiguisé. J'avais un petit hobby, je listais les fautes. Ça occupe de faire des listes quand on se fait chier. T'aurais pas aimé. Maintenant j'évite de solliciter ma faiblesse lacrymale, qui n'a d'équivalent que mon insuffisance mammaire. Je chouine moins et j'aime plus. On va essayer de continuer comme ça car être chiante, c'est vraiment chiant.

Le 25e jour, elle a des envies d'ailleurs

Avant qu'on ne disparaisse, on partira en exil, à moins qu'on ne nous enferme avant. On partira loin quand on sentira s'approcher la fin. Ta toux chargée et ma boule dans le néné pourraient bien tout précipiter. On ira dans cette cachette dont tu ne cesses de me parler, loin de tout, et surtout des autres. Pour venir nous emmerder, il faudra bien chercher. Dans notre bicoque à fleur de vagues, nous jouirons d'une vie sans hiver ni été. On ne fera pas de tourisme, on a d'autres contrées à explorer et surtout on n'en a rien à branler. On vivra nus. Avec un peu de chance ça tiendra la faune locale à distance, sinon il faudra miser sur mes poils aux pattes et nos têtes échevelées. Je pourrai à la rigueur te couper les douilles (j'ai bien dit les douilles) et je sens que mon carré explosé renaîtra sous tes coups de ciseaux mal affûtés. Pardonne-moi cette parenthèse esthétique, mais on ne se refait pas. Je disais donc que tu irais pêcher et que je cuisinerais. A nous deux, on n'est pas prêts de bouffer. J'espère qu'ils ont un supermarché. Musique, rhum et carnets pour seules activités, nos journées seront peuplées d'explorations oniriques et salées. C'est ainsi que nous finirons notre œuvre, en miroirs solitaires, en reflets adorés en train de s'effacer.

Le 26e jour, elle change d'identité

Avant qu'on ne disparaisse, on se trouvera encore des noms d'amoureux franchement pas très glorieux. Pour les conneries, on en a de l'imagination, et dans le langage fleuri, le prix d'excellence est à portée de juron. Alors on va s'en donner des petits noms à la con. On va éviter le chéri et le mamour, on ne serait pas crédibles. On est plutôt du genre pétasse et saloperie, deux teignes à l'égo bien affirmé. Pas la peine de me lancer ton œil noir, mon p'tit loup, tu sais qu'il me fait grimper. Et même pas peur de ta verve, elle est cap ton p'tit lot de te défier et de t'aimer. A choisir, je préférerais que tu oublies quelques diminutifs. Je ne suis pas certaine qu'otarisse soit très flatteur, ni Moby Dick en y pensant (tu as vraiment un truc avec les images maritimes). Je te le conseille d'ailleurs car si ça devait sortir, moi aussi j'ai du dossier. Tu as peur, hein. Tu vois je l'ai pas craché, ton petit nom préféré. Je sais me taire et en fait je tiens un peu à la vie, donc je vais continuer à la fermer. Alors on va faire simple, ma saloperie, on garde nos codes secrets bien à l'abri.

Le 27e jour, elle le provoque

Avant qu'on ne disparaisse, on risque fort de s'engueuler, un peu sur tout et sûrement sur pas grand-chose. Pas sur le programme télé, promis juré, ni sur la vaisselle dans l'évier, j'en n'ai rien à branler. Si on pouvait éviter de passer en mode spectacle, ça aussi ça m'arrangerait. Je suis exhib mais pas à ce point. Partage de ma pensée : à côté de moi, un couple d'une cinquantaine d'années, elle lit un magazine écorné tandis qu'il fait les cent pas, très agacé. Théâtre ordinaire d'une salle d'attente. Ils commencent à s'engueuler, le médecin met du temps à arriver. Il parle fort et elle chuchote. Elle est gênée mais après tout, pourquoi il se tairait, ils font chier ces médecins pas pressés. Moi aussi j'attends depuis des lustres et il serait temps d'y passer, même si, justement, je risque d'y passer. Elle sourit gentiment et désamorce la crise. C'est comme ça qu'ils s'aiment, sûrement depuis longtemps. Ils s'engueulent pour s'occuper et surtout pour ne pas penser, ils s'aiment comme ça, pour conjurer le mauvais sort. Ils s'engueulent et c'est toujours mieux que de s'inquiéter et de penser que bientôt on n'aura plus personne sur qui brailler. Alors oui, on va faire ça. Aujourd'hui, on peut oublier, le médecin vient de m'appeler, tu vas devoir me supporter encore quelques années.

Le 28e jour, elle est profonde

Avant qu'on ne disparaisse, on sera de grands artistes de cirque, dans notre genre singulier pas très exploité. On fera une grande tournée des PMU de toute la contrée, un Monsieur Loyal édenté, chemise à fleurs et pantalon en tergal, annoncera notre grand show exotique. Sous l'œil ébahi d'un public pas très averti et à la démarche un peu bancale, il clamera l'arrivée de la grande Clee Terrisse, athlète de haut niveau, connue dans tout son quartier, et particulièrement dans sa rue. Avaleuse de sabres de grand talent (j'ai longtemps hésité avec la femme à barbe, mais je me suis dit que tu préférerais manier le sabre que me tenir la barbichette), la phénoménale Clee renverse sa tête et offre sa gorge à son compagnon de piste qui s'empresse de s'y empaler. Des heures et des heures de répétition pour produire ce spectacle hors du commun et une chance unique d'arriver à me faire taire. Ton Excalibur, moi seule saurai redresser. Ton acrobate de velours, toi seul sauras manier, un grand modèle où tu ne te trompes jamais entre le cucul et la tétête. Petit rappel, la tétête c'est la où il y a du poil. Je dis cela pour t'éviter toute fausse route. Et tu assoupliras mes abysses jusqu'à me chavirer. Alors, mon circassien, je n'attends que la prochaine étape de notre tournée, au bord d'une commode ou dans une rue mal éclairée.

Le 29e jour, elle frôle la mort

Avant qu'on ne disparaisse, on sera explorateurs, certes d'un genre un peu à côté. Tu sais bien faire l'explorateur, dans le style Shadok, et on peut dire qu'on a même frôlé une aspiration fatale dans un trou noir. Concernant les insectes, j'ai bien noté que je vais devoir apprendre à chasser. Hé oui, les scorpions ça fait très très peur, surtout quand tu es en train de pisser. Et avec ton balai à chiottes à la main, comment te dire, le mythe du défenseur de la jeune femme en détresse s'est quelque peu effondré. En matière d'orientation, je vais te laisser guider. Je dis à gauche, tournons à droite. En même temps, je pense qu'on a découvert quelques pistes encore inexploitées, il fallait juste viser entre la roche et le ravin. A propos de ravin, je tiens à te remercier de cette expertise à te garer au plus près du sentier. Il ne faudrait pas que je me fatigue. Et tu admireras avec quelle dextérité je peux me raccrocher à une portière avant de me laisser dévaler une pente caillouteuse, et tout cela avec une grâce indescriptible. Et telle la chatte que tu connais, je me redresse comme si de rien n'était, l'air digne et hautain. Alors mon Indiana de pacotille, ce n'est pas parce que j'ai le rire de Cheetah qu'on deviendra des chevriers à sarouel bariolé, à moins que l'oubli de cet été ne nous ait définitivement frappé.

Le 30e jour, elle affirme sa pensée

Avant qu'on ne disparaisse, on vivra nos amours sans suspension, même si je ne suis pas hostile à me laisser suspendre, pardon, surprendre. Tu sais l'aversion que je ressens pour les points de suspension, tristes sires tout juste crachés en bout de pensée, ou plutôt par crainte d'aller jusqu'au bout . Non je ne suis pas en train de relancer une dispute sur la ponctuation. Ces trois pauvres points, je ne les laisserai pas s'insinuer, ni dans notre vie, ni dans nos écrits. Je les trouve un peu fourbes et je préfère les laisser aux autres, à ceux qui en abusent et pensent nous ferrer, à ceux qui les lâchent et évitent le sujet. Restons francs de la fin de phrase et vivons nos amours sans suspension. Conjuguons nos amours au féminin, sans qu'elles deviennent assassines, ni de fond ni de forme. N'achevons jamais cette sentence osmotique que nous avons commencée, clamons bruyamment (oui les voisins s'en souviennent, il faut penser au bâillon pour les prochaines vacances) nos inspirations sans détours ni faux-semblants, sans jeux de style inconséquents. Affrontons nos doutes et surtout nos rêves qui nous ont attendus si longtemps. Ils sont là désormais, à portée de plume, à jetée de mots, sans point final à l'arrivée.

Le 31e jour, elle chante sa muse

Avant qu'on ne disparaisse, je t'écrirai une chanson, encore une me diras-tu. Désolée, je ne fais que commencer, il va falloir t'y faire, tu es ma muse et je ne peux le taire. Au passage, je tiens à saluer ton humour car vraiment tu prends cher dans ces chroniques, mais je ne m'épargne pas non plus. On dira que c'est une petite vengeance anticipée pour tous ces dossiers que tu es en train de monter contre moi. Gloups. Bref, je vais t'écrire la chanson de nous deux, ah non, celle-là c'est déjà fait. Il va donc falloir que j'écrive la chanson de nous trois mais je n'ai pas encore eu le temps de chasser. Ne t'inquiète pas, je vais éviter la chanson à boire pour laquelle je ne sais pas vraiment si je suis douée. Quoique je voyais bien un petit refrain du genre « t'as les balloches qui ballotent et la quéquette qui s'inquiète ». Ouais, un peu subtil, tu as raison. Je vais devoir me creuser un peu le ciboulot à la recherche de mon âme de jouvancelle pour trouver les mots justes, ceux qui sauront te toucher, ceux qui te rendront fier d'être ma muse. Tu la mettras alors en musique la chanson de nous deux, et tu sortiras ta guitare, et mes graves rejoindront les tiens, dans ces harmonies que nous savons créer.

Le 32e jour, elle succombe

Avant qu'on ne disparaisse, on devra se quitter encore et encore, posant la cruauté du non-retour en douloureuse incantation. Et chaque fois je serai amputée. Et chaque fois je serai suicidée de toi. Et chaque fois je tremblerai que tu m'oublies. L'hiver se niche encore et encore dans mon cœur et ne peut se réchauffer qu'à lire ta peau. Pourtant jamais tu n'as manqué nos rendez-vous, et mon envie a frémi de ton empreinte, marquant ma chair de sa lettre écarlate, celle qui allume mon regard et fait jaillir les lignes. Quand tu me quittes, mon troisième temps cesse de faire tourner les aiguilles de notre histoire et s'éteint me laissant exsangue, guettant le prochain coup de reins. Ma voix se perd dans un écho entêtant en quête de ta musique unique, celle qui m'a faite chroniqueuse de nos substrats amoureux aux essences plus douces que la caresse d'une pluie d'été. Je capture tes signaux et les cajole en mon sein, comme le papillon noir que tu as inscrit dans ma chair. Et je sais alors que tu n'as pas oublié le murmure de nos nuits, les paupières lourdes et le musc, l'ivresse éternelle qui nous a emplis. Alors je sais que je ne serai pas la chroniqueuse de l'absence et que tu me délivreras bientôt du dernier asile que je voyais approcher.

Le 33e jour, elle aime les antiquailles

Avant qu'on ne disparaisse, on sera des champs de ruines, de vraies antiquités à manipuler avec précaution. Déjà qu'on est du genre à prendre avec des pincettes, tu rajoutes la poussière et tu as à peu près le tableau. C'est bien les ruines, ça reçoit de nombreuses visites, et tu sais à quel point mon guichet t'est ouvert, de jour comme de nuit, au crépuscule ou dès potron-minette. On va s'effriter tout doucement histoire de nous habituer à nos déliquescences. Mes étoiles se feront de plus en plus filantes et se perdront quelque part entre mes reins. J'espère que tu aimeras toujours jouer à cache-cache. Ton poème sera illisible et donnera sûrement un truc comme « elreiudetrhissulerchinapa ». C'est moins glamour, mais des poètes sont devenus célèbres avec des trucs bien moins conceptuels. Faudra juste rédiger une note d'intention. Ton menton aura quelques plis supplémentaires (non, tu n'es pas gros) et tu vas te voûter, mais pas trop, je ne veux pas d'un nain à mes côtés. On continuera à se visiter à la recherche d'une nouvelle trace de vie ou pour débusquer un grain de beauté disparu depuis des mois, peut-être des années, sous la peau un peu froissée. On sera des ruines remerciant cette cécité bien avancée qui entretiendra les souvenirs de nos étreintes.

Le 34ᵉ jour, elle se délecte

Avant qu'on ne disparaisse on sera d'horribles indignes, Tatie Audrey et son vieux schnock à l'air mal agencé. Sur notre banc, dans un village reculé, les enfants changeront de trottoir à la vue de ton sourire éclatant et de ma touffe de sorcière. On fera grincer nos hanches avec majesté jusqu'au supermarché quand la sortie des bureaux sonnera, les poches armées du supplice ultime, les pièces rouges précautionneusement collectionnées. Pas étonnant qu'elles plaisent tant à Bernadette, les pièces rouges, elle est si méchante. On choisira la caisse la plus fréquentée en brandissant nos cartes d'invalidité. Et on paiera article par article en prenant soin de donner le compte juste. Je rangerai bien comme il faut dans le caddie. On pourra faire la causette aussi, c'est bien la causette ça évite de s'encroûter, et puis entre tes troubles gastriques et mon insuffisance du périnée, on en aura des choses à raconter. On fumera nos cigarillos n'importe où faisant les sourds aux protestations et ponctuant les regards affolés de doigts d'honneur bien plantés. Je nous vois bien indignes. On est déjà réac, la canne est à la portée de nos outrages à venir, on n'a plus qu'à mal vieillir.

Le 35e jour, elle le laisse aux manettes

Avant qu'on ne disparaisse, tu vas encore essayer de battre ton score au Tétris. Tu es comme moi, tu aimes les défis, et sais les relever avec énergie et doigté. Cap ou pas cap, bébé. On avait décidé de ne plus parler de ton score actuel, je sais, mais ça mérite quand même un peu d'attention, même si tu passerais pour un flagorneur et moi une simulatrice. J'ai hâte de voir ton œil vriller et tes lèvres compter les coups gagnants. Pas besoin de bonus bébé, en deux trois tours c'est joué. Le Tétris c'est bon pour la santé, c'est pas moi qui le dis, c'est le journal. Ça devrait être recommandé matin, midi et soir, et plus si petits cachets bleutés. Sinon on trouvera bien quelque autre moyen de s'amuser. Le Tétris il nous reste que ça depuis qu'on a laissé tomber le Kems, depuis que je me suis brisé le pied sur la table qui a valdingué. Tu as pu ainsi apprécier ma délicatesse et ma discrétion. On a aussi abandonné ce projet dingue de regarder la télé, que tu réserves pour m'assommer quand tu as tout donné. Alors ce Tétris me semble une saine activité et ces recherches encastrées ne cessent de me titiller, de me faire craquer, de m'effondrer pour crier ton nom comme meilleur joueur de mon corps.

Le 36e jour, elle s'embourgeoise

Avant qu'on ne disparaisse, on sera des biobios, facile de se l'imaginer, on en fréquente bien assez. On ira à des expos pour contempler de la peau de couille synthétique sur un immense mur blanc du plus bel effet. On s'absorbera dans l'œuvre en mâchouillant les montures de nos Zadig et Voltaire à 3000 boules et bien sûr respectueuses de l'environnement. Et on tentera de comprendre la démarche de l'artiste bosniaque qui a tant souffert en parcourant un catalogue de 103 pages. On sera contents pour rien. Cela pourrait me donner des velléités de présenter mes créations uniques en bandes de cire hérissées pour dénoncer la déforestation pubienne massive et la disparition programmée de ce charmant animal de compagnie qu'est le morpion. J'afficherai une frange courte et droite, rebelle capillaire s'il en est, et toi tu feras des tentatives désespérées de barbe de hispter, mais là faut pas rêver. Tu citeras des poètes danois et prononceras des mots de quatre syllabes avec un air pénétré, tandis que je servirai les verrines au piment d'Espelette bio récolté par une enfant sauvée de l'esclavage. On n'aimera pas la guerre parce qu'on est les gentils, on sera tous égaux surtout nos potes aux poches bien remplies, on sera bien pensants et bienséants, on respectera tout le monde et même Zemmour qui est loin d'être un abruti. En fait, je pense qu'on va continuer à bouffer du Nutella, fumer des clopes, prendre la bagnole, dire fuck et surtout tuer des ours polaires qui sont cons et méchants et l'ont bien mérité.

Le 37e jour, elle sauve le monde

Avant qu'on ne disparaisse, on n'aura pas d'enfants. On l'a échappé belle et puis j'en ai déjà bien assez. Si on en avait, tes champions seraient vraiment des as du triple saut coup de pied à la lune pour franchir le ravin qui les sépare de mon utérus. Si nous avions un enfant, cela tiendrait vraiment du miracle, tu m'appellerais Marie et il faudrait toujours surveiller le petit pour qu'il ne joue pas avec le marteau et les clous. Si je ne me trompe (attention, je viens de faire un jeu de mots fort subtil), on a quand même sauvé l'humanité d'un fléau de très grande envergure. On n'aura pas d'enfants mais on aura une œuvre, peut-être pas digne de la Pléiade, même si, avoue-le, cela nous ferait bien bander, mais une œuvre bien réelle, une ligne de vie aux encres éparpillées, aux clichés floutés, aux musiques éraillées. Nous aurons une œuvre solitaire et une œuvre en miroir. Peut-être qu'un jour quelqu'un ouvrira les malles et se dira que ces deux-là se sont aimés, si différents pourtant si symbiotiques, et parcourra ces dialogues secrets que nous pensions bien planqués. Cette œuvre sera celle de deux amants qui se seront aimantés pour le meilleur et pour se lire, qui auront écrit sans s'oublier, sans se tromper, bâtissant leur palais dans un monde qui les désenchantait, et laissant pour seule succession leurs amours sans suspension.

Le 38e jour, elle se torture

Avant qu'on ne disparaisse, on va se perdre dans les affres atroces de nos angoisses, ce puits vertigineux qui nous aspire, qui nous attire et nous vide de toute volonté. On tentera en vain d'accéder à la réalité mais elle s'effacera laissant place à des chimères pernicieuses. Des absences flouteront nos visions de meilleur et assombriront tous nos espoirs. On tentera de déchiffrer des signes sans y parvenir et nous nous égarerons sur des traverses incendiaires arrosées par des monstres hurlants résonnant dans nos crânes fissurés. Alerte incendie. Où es-tu mon ange. Ne te crame pas les ailes. Elles sont notre grâce. Reviens-moi. Fuis les ténèbres et suis ma lumière. Assassinons ces nuits d'encre mortifère et retrouvons nos confins de délices où nous nous loverons vers ce voyage en bord d'étoiles.

Le 39e jour, elle rêve du 7e jour

Avant qu'on ne disparaisse, tu vas me laisser dormir quelques heures, espèce de rapiat du sommeil. Evidemment la rencontre entre une couche-tard et un lève-tôt ne pouvait guère être reposante, même si j'aime bien ton côté l'ami Ricoré qui laisse présager d'une belle journée (celle-ci je vais manger mais j'assume les conséquences), avec le petit déjeuner chaud à souhait servi à peine réveillée. Je dois t'avouer que je n'ai pas de place pour un gourdin dans ma tanière et encore moins de force pour m'en servir. Et arrête de gueuler avant de sombrer. Si, tu vas dormir, la preuve j'ai encore manqué suffoquer quand tu as fini par céder à Morphée, mon beau Stewball (celle-là aussi je vais payer). Dormir avec un cheval mort sur le dos, un pied coincé dans la couette et l'autre jambe en l'air, crois-moi ce n'est pas de tout repos. A propos de couette, on pourrait envisager d'en avoir chacun une. Une rumeur dit que je fais le nem, ça sent la mauvaise foi à plein nez, et franchement le bleu sur les lèvres ne se fait plus depuis 1984. Il serait également de bon ton que tu mettes un terme à cette manie de m'immortaliser la bave aux lèvres en train de ronfler. Comme si moi je te laissais bouche bée, crachant tes poumons, à la vue des voyageurs d'un wagon bondé. Et puis, je ne sais pas ce que tu as contre ma barboteuse mais le léopard me va à ravir. Dis-toi que tu as attrapé la queue de Tigrou (je viens de signer mon arrêt de mort), veinard. En conclusion, je dois admettre que mes nuits, même courtes et mouvementées, te sont réservées car rien n'est plus doux que le son de ta voix quand tu me sommes de me rendormir avec amabilité, car rien n'est plus tendre que ton regard d'enfant qui embrasse mes traits un peu marqués, car rien n'est plus enchanteur que cette langue que toi seul sais me parler.

Le 40e jour, elle l'enlève et fuit

Avant qu'on ne disparaisse, je vais te kidnapper sans aucun espoir de t'échapper. Je t'ai conquis en rires et en rimes. Tu m'as soumise en caresses et en tendresse. Nos amours à venir se veulent sans hier et ne cherchent que leur Eden pour se cristalliser, un jardin d'abondance où chaque regard ne cessera de nous enchanter. On écrira et on lira, on mangera léger et on boira lourd, on fumera et on rira. On baisera et on s'aimera. Tu me donneras ta main et je chercherai ton souffle sous ton poignet. Je le caresserai sachant alors que nos ombres nous ont quittés. Dans notre refuge le temps sera absent, guidé seulement par nos soupirs sensuels, nos débats ardents, nos dérives naturelles. Nous serons deux, sans pomme ni serpent, simplement étourdis par nos possibles, simplement bercés par nos voluptés, simplement mélodieux de notre fugue singulière, sans envie de retour. Nos lendemains seront glorieux comme l'aube bleutée qui vient capturer la nuit et la laisse s'effacer. Et nos peaux comme seuls mantras seront invoquées par nos lèvres assoiffées.

Le 41e jour, elle communie

Avant qu'on ne disparaisse, tu me révéleras ta vie, par petites touches, et même en ellipses. Tu me diras tes lectures, tes poètes, tes musiques et je les comprendrai. Tu me conteras tes cicatrices et tes affronts et je frémirai de te venger. Tu m'ouvriras tes amours passées, tes coups d'un soir et tes vilaines histoires et j'espérerai te donner ton dernier baiser. Tu me chanteras, m'écriras, me composeras et mon être entier se tendra vers ta poésie pour se faire muse sans condition. Avant qu'on ne disparaisse, je prendrai ta main et te confierai mon spleen enterré, mes chimères effacées, mon essence retrouvée. Je te montrerai ma beauté en miroir de ma laideur et tu n'en auras que plus de respect. Tu me baiseras les doigts pour me rassurer et je jouirai de nos promesses épistolaires, de nos enivrements lascifs et de nos félicités à venir. Nous nous saurons sans rien savoir, mystères inépuisables qui s'attacheront à la source de leurs pensées. Nous délivrerons nos âmes et nos corps dans leurs moindres frémissements, toujours brûlants de s'effleurer.

Le 42ᵉ jour, elle renonce au triolisme

Avant qu'on ne disparaisse, on va se le faire ce Stéphane Sénéchal, et peut-être même qu'on va s'en faire plusieurs si le coeur nous en dit. Ce n'est pas que je mette en doute tes facultés médiumniques mais les raisons de ton angoisse m'échappent quelque peu. Je te promets par la présente de ne pas répondre positivement aux sollicitations de cette pure production de ton esprit embrumé (comme si c'était mon habitude de me faire brancher). Je me suis quand même un peu renseignée car je dois avouer que tu as éveillé ma curiosité, et si tu dois m'offrir un jouet, je dois émettre quelques exigences. Stéphane Sénéchal est un homme à la personnalité trouble pour ne pas dire multiple, si tu veux mon avis, et c'est aussi un gros bosseur. Le mec alterne entre couvreur (ça peut avoir son utilité en cas de tempête de grêlons), plombier (c'est déjà beaucoup plus intéressant) et chef d'orchestre (bon, c'est confirmé Stéphane Sénéchal est un trou du cul). Niveau physique on est quand même loin du jouvenceau que tu m'avais promis. Certes brun, il mériterait quelques séances sportives dont j'ai le secret histoire de désarrondir ses bourrelets. Je me vois désolée (pas tant que ça en fait) de refuser ton jouet, même pour une heure. Mais je me dis que peut-être ta langue a ripé et que tu pensais à Stéphanie Sénéchal.

Le 43e jour, elle compte sur lui

Avant qu'on ne disparaisse, j'aurai besoin de toi, et tu seras là. Pour une fois, je commencerai à douter, et tu seras là. J'aurai envie de tout balancer, de fuir, peut-être même d'en finir, et tu seras là. Et ce sera comme cette fois où tu as saisi ma main, cette unique fois-là. Tu m'as relevée et m'as entraînée. Faut pas flancher, bébé, on est tout près. Et je me rappellerai de la douce certitude que tu saurais me guider hors de mes ténèbres, aussi profondément m'auraient-elles attirée. Et je me rappellerai ta voix m'extirpant de mon labyrinthe intérieur et me faisant sortir de la torpeur. Et je me rappellerai que tu m'as redonné le feu et l'envie d'exister. Tu sais ma fragilité et l'apaiser sans en jouer. Tu sais ma force et en jouer pour t'apaiser. Ta main sur la mienne se fera soie contre mes frayeurs et affirmera son empire bienveillant sur mes chemins tortueux.

Le 44ᵉ jour, elle est à l'affût

Avant qu'on ne disparaisse, je ferai une bonne crise de parano, et alors que tout va bien je penserai que tout s'écroule, et chacun de tes silences résonnera dans ma chair comme une sentence, et je me persuaderai que tu me rejettes, que tu ne veux plus de moi, que tu ne m'aimes plus, que le désir s'est tari, et je ferai semblant que tout va bien mais je saignerai et m'étoufferai dans des larmes factices, fruits de mes chimères, je tairai mes doutes et mes angoisses tout en pensant à l'autre, celle que tu me préfères, plus jolie, plus intelligente, plus folle, plus sage, plus talentueuse, celle qui m'aura faite fantôme, celle qui m'aura éclipsée de tes pensées et que je ne peux même pas haïr car je t'aime trop pour te retenir, et j'attendrai que tu nous conjugues au futur pour me rassurer. Avant qu'on ne disparaisse, je ferai une bonne vieille crise de parano et une phrase vraiment très très longue.

Le 45ᵉ jour, elle craint des représailles publiques

Avant qu'on ne disparaisse, tu vas finir par m'envoyer une rafale digne de mes provocations câlines, et un chouille taquines. Je veux bien admettre que je ne t'épargne pas mais je ne t'entends pas beaucoup te plaindre, à croire que tu aimes l'amour vache. Je dirais même que tu en redemandes. Donc j'attends ta rafale caustique qui va me déboucher les écoutilles. Sans nul doute vais-je regretter toute l'attention que je t'ai accordée, espèce d'ingrat, et sans nul doute vas-tu révéler des facettes de ma personnalité que j'ai préféré occulter. C'est mon droit, cher monsieur, après tout je suis Audrey Terrisse, j'ai une réputation. Je suis ta maîtresse Messaline, insatiable amante à tes faveurs accrochée, et aux gros lourds interdite, contorsionniste de tes désirs et charmeuse de tes appétits. Je maîtrise avec expertise l'art d'attiser les mauvaises langues dégagées d'un roulement de hanche chaloupé. Même pas peur de ta réplique. Sauf que je n'ai pas le temps de dire gloups, que je vois débouler ton texte accompagné d'une photo de moi plutôt douteuse. Magnificat, ma saloperie, je m'incline devant cette fine et délicate joute, et te salue de cet hommage bien senti.

Le 46e jour, elle tente de rester digne

Avant qu'

Avant qu'on ne disparaisse

mon petit canard

personne n'ignorera ton surnom

coin coin

il suffit juste d'appuyer fort

là où c'est bien

et ça cancane

Avant qu'il ne soit trop tard

on évitera de se mettre dans le rouge

on laissera ton cul nous dire gloups

ouste

pousse

toi de là

fais place nette

on veut pas de grenouille ici

(oups

je sens

que j'en ai

trop dit)

Avant qu'il ne fasse noir

je dirai à tout le monde

qu'elle est belle

ma copine

et tout le monde me dira ta gueule

et chacun s'appellera Pierre

Avant qu'on ne passe au crématoire

on sauvera les flammes de nos yeux

on aura des bûches de rires sauvages

et des orgasmes calorifères

Avant qu'on ne dise paresse

on aura bossé comme des gueux

loin des maisons de redressement

avec l'assentiment du dieu

qui n'existe pas

Aïe loup y est là

Le Terrier du Bembex, Bertrand Labarre

Le 47e jour, elle suffoque

Avant qu'on ne disparaisse, on va crever du manque, ce malaise commun qui nous hante comme une vieille amante sourde à notre mutisme. On n'y échappera pas, mon ange, on y est condamnés. J'ai vécu mille vies et leurs dangers, toujours plus loin, toujours plus mal, j'ai encaissé les coups, servi de cendrier, fini par m'enterrer. Et le manque. Tu as tracé ton chemin sans jamais plier, fixé un regard frondeur et une attitude bravache, conjugué le mot amour. Et le manque. Puis toi et moi. Et le manque. Cassés, réparés, comblés, séparés, retrouvés. Incrusté dans tous nos pores, le manque crame notre peau réclamant sa dose de chair, de frisson, de moquerie, de bons mots, d'étreintes furtives, bâtissant un bûcher sans répit pour les damnés de la quête de l'autre. Nous les oubliés de la plénitude ne la trouvons qu'en joignant nos esprits, contraints à nos tourments angoissés. Mais demain, je serai et tu seras, deux espoirs apaisés, et nous aurons chassé ces spectres sans retour pour croiser nos astres vers de lumineux oracles.

Le 48e jour, elle est millionnaire

Avant qu'on ne disparaisse, on sera riches. Ne rêve pas, notre île c'est pas encore gagné. Et pas la peine de flipper, je ne suis pas en train de nous imaginer en néo-bobo avec la maison-témoin intégrée. Et admets qu'entre ton adresse légendaire et mes qualités de femme d'intérieur, il vaut mieux miser sur du rustique et du solide. Pendant que les autres amasseront et exposeront leur vie parfaite, nous nous gorgerons de nous, de nos existences, de nos rencontres, de nos découvertes, trouvant la beauté dans le voyage serein d'un nuage au fond d'une gorge écharpée. Pendant que les autres installeront des alarmes pour ne pas être pillés, nous créerons nos édifices de liberté et de félicité. J'ébaucherai un dictionnaire amoureux et tu croqueras ma silhouette d'un trait de vin, parfaits dans nos imperfections, juste rassasiés de nos trésors sans prix, qu'on gravera en nous avant de les céder. Avant qu'on ne disparaisse, on sera riches, ajoutant à nos opulences l'empreinte de nos dérives et les saveurs de nos folies.

Le 49ᵉ jour, elle prépare leur retraite

Avant qu'on ne disparaisse, il va falloir qu'on se trouve quelques activités pour s'occuper. Comme tous les artistes sur la fin, je pense évidemment à la peinture. Tu pourrais immortaliser l'instant précis où je glisse avec grâce sur le sol carrelé de la salle de bains et m'assomme sur le chambranle de la porte, telle une naïade, le tout sur un fond coloré de toute sobriété. Ou bien entamer une série au crayon de bois (comme on dit à Tours), série entre naïveté et coloriage pour névrosé, le tout sans déborder et illustré d'une phrase succinte et qui laisse à penser. Je vais peut-être me découvrir une passion pour la broderie et narrer au point de croix nos épopées les plus mémorables. Toi au pipitier assis ou moi étonnée d'avoir pété. Des scènes de la vie quotidienne, mais tellement sublimées. Sinon, il nous reste la sculpture mais comme je tiens à ma manucure je vais laisser tomber. On sera sûrement des artistes incompris à n'en pas douter, mais que veux-tu c'est le lot des plus grands. Sinon, t'as d'autres idées ?

Le 50e jour, elle pose le point final

Avant qu'on ne disparaisse, nos odyssées impressionnistes auront sûrement disparu, du moins du monde virtuel où elles avaient posé leur symphonie lascive. Alléchantes, sensuelles, provocantes, moqueuses, tendres, ironiques ou poétiques, les chroniques de nos amours sans suspension se poursuivront au-delà et survivront par-delà la page bleue. Le service du petit déjeuner, tartine de confiture et soubrette incluses, est suspendu. Comme mes lèvres à ton regard quand tu crèves de me baiser, quand mes mots savent te tourmenter, quand tu découvres mes derniers desseins à lipper. Je suis condamnée à nous écrire, délicieux destin, et je le ferai jusqu'à l'abysse de mon âme. Je te confierai mes billets en tremblant de ta sentence, puis trouverai l'apaisement en lisant tes yeux, ta voix, tes mots. J'enroulerai alors ma carcasse sombre à la tienne, apposant le sceau d'une étreinte à ton plaisir à me lire. Et alors nous saurons que nous sommes tombés dans une grâce euphonique dont nous ne sortirons plus.

(Va acheter une pelle)

108

Le 51e jour, c'est lui qui a finalement le dernier mot

La ponctuation entre elle et moi

entre parenthèses
tu n'as pas abordé la question du tiret
– c'est un point essentiel
sur lequel
on devrait discuter –

entre parenthèses
je pense qu'on peut
se passer aussi des majuscules
quant aux points-virgules
je les encule

entre parenthèses
et pour répondre à tes interrogations
ma prose en roue libre
n'a point de suspensions
quand elle dévale
la piste blanche

entre parenthèses
sur la corde des mots
nous sommes funambules
on se faufile sans exclamations
sans souci du qu'en-dira-t-on
sans acrostiche ni anicroche
allez viens
goûte à ma langue

Le Terrier du Bembex, Bertrand Labarre

Merci à mon mécène pour ses quatre décennies
d'affection discrète

Et également

La Nouvelle Came, BoD éditions

© 2016, Audrey Terrisse

Edition : BoD - Books on Demand
12/14 rond-point des Champs Elysées, 75008 Paris
Imprimé par Books on Demand GmbH, Norderstedt, Allemagne
ISBN : 9782322077120
Dépôt légal : mai 2016

FSC

www.fsc.org

MIXTE

Papier issu
de sources
responsables
Paper from
responsible sources

FSC® C105338